CONTRIBUTION

A L'HISTOIRE DES REMÈDES

Quelques Pages d'un Manuscrit Picard

DU XV' SIÈCLE

PAR

Le Docteur H. COULON

Ancien interne des ambulances, 1870-71,
(Diplôme d'honneur et Médaille d'argent)
Membre des sociétés anatomique et de thérapeutique de Paris,
de la société Française d'Archéologie, etc.,
Lauréat de l'académie des sciences, inscriptions et belles-lettres
de Toulouse (1896)
et de la société des sciences de Lille (1893 et 1895)

PARIS

LIBRAIRIE J.-B. BAILLIÈRE ET FILS

19, RUE HAUTEFEUILLE, 19

—

1897

CONTRIBUTION

A L'HISTOIRE DES REMÈDES

Quelques Pages d'un Manuscrit Picard du XVe Siècle

CONTRIBUTION

A L'HISTOIRE DES REMÈDES

Quelques Pages d'un Manuscrit Picard

DU XVᵉ SIÈCLE

PAR

Le Docteur H. COULON

Ancien interne des ambulances, 1870-71,
(Diplôme d'honneur et Médaille d'argent)
Membre des sociétés anatomique et de thérapeutique de Paris,
de la société Française d'Archéologie, etc.,
Lauréat de l'académie des sciences, Inscriptions et belles-lettres
de Toulouse (1896)
et de la société des sciences de Lille (1893 et 1895)

CAMBRAI

IMPRIMERIE RÉGNIER FRÈRES, PLACE-AU-BOIS, 28 ET 30

—

1897

CONTRIBUTION

A L'HISTOIRE DES REMÈDES

Quelques Pages d'un Manuscrit Picard du XVe Siècle

En parcourant, il y a quelques mois, un catalogue de
livres anciens, notre attention fut attirée par l'annonce
de quatre grands feuillets d'un manuscrit du XVe
siècle (1), contenant des recettes médicales.

Dans l'espoir d'y rencontrer des documents capables
d'enrichir notre recueil de vieux remèdes (2), il nous
vint à l'idée d'acquérir ces fragments. Nous eûmes la
bonne fortune de tomber sur un ensemble de formules
et de conseils hygiéniques relatifs au traitement
préservatif de l'apostème du bras.

Un aussi modeste aperçu peut, aux yeux de plusieurs,
ne pas mériter qu'on s'y arrête ; telle n'a pas été notre
opinion. Les moindres détails inédits, puisés à des

---

(1) Nous en donnons ci-joint un spécimen.

(2) Voy. *Curiosités de l'histoire des remèdes*, du même auteur,
1 vol. in-8°, *Paris, J.-B. Baillière et fils,* 1892. Ce livre contient
une foule de citations, d'anecdotes et de curiosités médicales fort
attrayantes. Un chapitre particulièrement intéressant est consacré
à la traduction de recettes du XIIIe siècle écrites en langue
romane, spécialement en usage dans le Cambrésis.

sources sérieuses, ont leur utilité en histoire, et les citations qui suivent suffiront à nous montrer toute l'importance que les anciens médecins accordaient à l'hygiène privée et aux soins prophylactiques.

De toutes les parties de la médecine, l'hygiène fut toujours la plus en honneur, et dans l'antiquité, cette partie de la science, réalisa les progrès les plus appréciables.

Pendant le moyen âge et durant tout le XV⁰ siècle, une sorte de code médical servait seul de modèle à tous ceux qui voulaient acquérir quelques connaissances rationnelles pour la conservation de l'existence et de la santé. Nous voulons parler du poème en vers latins intitulé l'Ecole de Salerne (1), qui résume toutes les doctrines de la fameuse école de médecine, fondée

(1) Ce poème, suivant l'opinion du Père Pagi dans sa critique des annales de Baronius, aurait été composé en 1066, par Jean de Milan (Joannes Mediolano), et dédié à Edouard, roi d'Angleterre. Mais, suivant des autorités nombreuses et plus décisives, ce serait seulement vers l'an 1100 que cet ouvrage aurait été écrit en réponse à une consultation de l'un des fils de Guillaume-le-Conquérant, Robert, Duc de Normandie, blessé au bras par une arme empoisonnée, pendant le siège de Jérusalem.

Quoiqu'il en soit, le poème de l'Ecole de Salerne n'est certainement point parvenu jusqu'à nous sans altérations ou additions. Il en a été fait plusieurs éditions au XVII⁰ siècle, contenant toutes un nombre différent de vers.

Du temps de la Fronde, un médecin de Paris, nommé Martin, en a publié une traduction burlesque, qu'il a dédiée à Scarron. Quelques bibliographes croient que ce nom de Martin est supposé, et que le traducteur véritable n'est autre que le célèbre Guy Patin.

La plus récente édition a été donnée par M. Ch. Meaux St-Marc; elle date de 1861 et contient 3250 vers Français.

SPÉCIMEN D'UN MANUSCRIT PICARD DU XVe SIÈCLE

Le grand cas et grevance ou maiste qui est dyoubz la jointure del
espaule par aucunes humeurs et grosses ventosites qui par abbaisses
oudit muscle et font venir ou brach douleur fort formicaçons
et en demyssement qui s'epuistieus ou temps aucun poy ne se
garde ne se peument paralyse ou aultre phisgreme maladie de
teste et pour ce ne faut point a oublier que on enguisére la
garison le plustost que on pora bonnement

en 802 par Charlemagne, à Salerne, ville d'Italie, située dans l'ancien royaume de Naples.

Ainsi qu'on pourra le remarquer dans nos annotations, l'auteur des recettes que nous allons entendre, s'est inspiré de ces doctrines, dont les principaux préceptes sont aujourd'hui des proverbes. Les citations Françaises ont été tirées, avec intention, de l'ancienne traduction en vers burlesques, qui, tout en conservant l'importance du précepte, a sur les traductions plus récentes l'avantage de se présenter avec une forme plus originale et plus attrayante.

Quant aux recettes proprement dites, elles nous rappelleront tout le bénéfice que les anciens médecins savaient retirer de l'usage des simples, usage qui tend de plus en plus à diminuer au détriment des malades, et surtout des malades pauvres des campagnes.

Enfin, en dehors de l'intérêt scientifique que comporte tout mémoire du genre de celui qui nous occupe, il est toujours intéressant de lire et de commenter quelques passages d'un ancien traité écrit dans une langue (1) dont la naïveté n'est pas sans charme.

––––––––––

(1) Les passages du traité dont il est ici question sont écrits dans le dialecte Picard. Ce dialecte formait avec le dialecte Bourguignon et le dialecte Normand, les trois principales variétés de la langue d'Oil, (langue Romane parlée dans le Centre et dans le Nord de la France). Employé dans nos contrées, le dialecte Picard se reconnaît surtout au changement du c doux en ch, et du ch en k, comme cherf au lieu de cerf, perchevoir au lieu de percevoir, kébule au lieu de chébule, etc., ainsi qu'on pourra le remarquer dans le cours de nos citations. Il y a donc lieu de croire que l'auteur était d'une localité du Nord, ou y exerçait son art.

Les connaissances médicales au XVe siècle étaient loin de constituer une science véritable.

Infectée des rêveries des Arabes, subissant surtout l'influence de l'Astrologie judiciaire et des autres parties de la Théosophie, la médecine de ce temps n'offrait qu'un bizarre assemblage de théories vaines et absurdes, ne laissant à la disposition de l'homme de l'art qu'une foule de recettes empiriques et superstitieuses.

La fin du XVe siècle vit pourtant éclore une ère nouvelle grâce à l'exhumation de la doctrine d'Hippocrate depuis longtemps tombée dans l'oubli (1). On commença par traduire et commenter les ouvrages des Grecs. Ces travaux préparèrent les merveilles qui signalèrent le XVIe siècle, le siècle de la véritable restauration des lettres médicales et de l'apparition de l'humorisme moderne (2).

C'est apparemment à cette époque que furent rédigées les notes médicales dont nous allons donner connaissance.

(1) Cette renaissance des Sciences médicales est due d'abord à la prise de Constantinople par les Turcs, en 1453. Les savants qui habitaient cette ville émigrèrent, emportant avec eux les manuscrits grecs et latins. Ce fut ensuite l'importation de l'imprimerie à Paris, en 1470, qui donna le moyen de répandre les traductions des ouvrages anciens. Alors on vit paraître les travaux d'hommes célèbres ; citons, parmi les anatomistes, *Nicolas Massa, Bérenger de Caspi, Alexandre Benedetti, Eustachi, Ingrassia, André Vésale, Varole, Fallope, Arantius, Fabrice d'Aquapendente* ; parmi les physiologistes : *Michel Servet, André Césalpin, Matteo Realdo Colombo* ; et parmi les pathologistes : *Jean Fernel, Guillaume Baillou, Laurent Joubert, Pierre Forestus, Marcellus Donatus, Jacques Houlier, Louis Duret.*

(2) L'humorisme moderne diffère surtout de l'humorisme ancien, en ce qu'il applique le mot humeur à tous les fluides du corps humain, contrairement aux idées des galénistes qui n'admettaient que quatre humeurs.

Pour mieux comprendre la pathogénie des différentes affections que les médecins de cette époque avaient à traiter, il est bon de rappeler brièvement ce que l'on entend par humorisme.

L'humorisme est une doctrine médicale qui attribue un rôle pathogénique prépondérant aux altérations des humeurs ou parties fluides du corps. Cette doctrine remonte à la plus haute antiquité. On en découvre les traces dans la médecine des anciens peuples : Egyptiens, Israélites, Indous et Grecs. Galien en fut le principal auteur, mais ses théories étaient purement abstraites, car le peu de connaissances anatomiques et physiologiques que l'on avait alors, ne permettait d'établir une doctrine que sur les bases bien peu solides de l'hypothèse et de l'imagination privées des secours de l'observation.

Les humoristes anciens admettaient l'existence de trois humeurs principales, le sang, la bile, le flegme (1), plus une quatrième, l'atrabile ou la mélancolie que personne n'avait jamais vue, mais qui n'en était pas moins considérée comme indispensable au bon entretien de la santé.

Voici, du reste, comme on en comprenait la formation. Le produit de la digestion stomacale appelé chyle était, par une force attractive du foie, transporté, au moyen de vaisseaux, dans cet organe, où il subissait une seconde digestion donnant naissance aux quatre humeurs, qui se

---

(1) Par le nom de « Flegme », les anciens désignaient la lymphe, les sérosités, les mucosités, le suc intestinal, la salive, etc. — Le mot flegme n'est plus employé comme terme médical, chaque humeur qu'il indiquait ayant reçu un nom particulier.

rendaient ensuite à un réservoir spécial. Le sang se
rendait dans les veines, la bile dans la vésicule du foie,
et l'atrabile dans la rate ; quant au flegme, il n'avait pas
de réceptacle particulier, mais, mis en réserve dans les
articulations, le cerveau, les poumons, il servait à
lubréfier ces organes quand ils tendaient à se déssécher
à la suite d'un travail trop prolongé.

Chacune de ces humeurs se présentait en deux états :
l'état naturel et l'état non-naturel. Une humeur était
dite naturelle, quand elle conservait ses caractères
propres sans aucune altération ; on la disait non-naturelle
quand elle dépassait les limites de sa complexion
habituelle par suite d'un trouble intrinsèque. Ce trouble
pouvait se produire de plusieurs façons : par absence,
par diminution, par surabondance, par infiltration, par
extravasation, ou par suite d'un mélange avec quelque
autre humeur. De ces modifications naissaient les
maladies et spécialement ce que l'on appelait des
apostèmes.

Toute enflure ou gonflement, tout dépôt ou toute
collection d'un fluide, de matière humorale, en un
endroit quelconque du corps, était considéré comme un
apostème (1), il y en avait autant d'espèces que de
liqueurs différentes.

« Parmi les apostèmes, dit *Henri de Mondeville*,
chirurgien de *Philippe-le-Bel*, les uns sont formés par

(1) Le mot « Apostème » vieux synonyme d'abcès, est inusité
aujourd'hui comme terme médical. Non seulement il était employé,
au moyen âge, dans le sens que nous venons d'indiquer, mais on
l'appliquait aussi aux inflammations qui ne formaient pas de
tumeur apparente ; rien de plus vague, par conséquent, que cette
expression.

une humeur, d'autres par de l'eau, d'autres par du vent. Parmi ceux qui sont formés par une humeur, les uns proviennent du sang, d'autres de la bile, d'autres du flegme, d'autres de la mélancolie. En outre, parmi les apostèmes humoraux, les uns résultent de l'abondance des humeurs, les autres des mauvaises qualités des humeurs naturelles. En outre, parmi les apostèmes formés par les humeurs tant naturelles que non naturelles, autres sont ceux qui résultent d'une seule humeur non mélangée aux autres, de sang pur par exemple, autres ceux qui proviennent de plusieurs humeurs mêlées ensemble, par exemple de sang mêlé avec de la bile et du flegme, etc. Les uns encore proviennent d'une cause interne, comme de la surabondance ou de la mauvaise qualité des humeurs ; les autres d'une cause externe, par exemple d'une chute, d'un coup ; d'autres enfin proviennent de ces deux causes à la fois. Puis les uns se produisent par mode de congestion, d'autres par voie de dérivation, d'autres enfin des deux manières à la fois. Les uns apparaissent beaucoup en dehors, d'autres n'apparaissent pas, d'autres enfin ne se montrent qu'en partie. Les uns sont douloureux, les autres pas. Parmi ceux qui sont douloureux, les uns le sont extrêmement, etc... Les uns sont dans des organes principaux, d'autres près d'eux, d'autres loin de ces organes ; d'autres sont dans des membres charnus, etc. ; les uns dans un corps de bonne complexion, d'autres non ; les uns chez un homme robuste, d'autres chez un patient délicat (1) ».

(1) Chirurgie de Maître *Henri de Mondeville*, chirurgien de *Philippe-le-Bel*, composée de 1306 à 1320 ; Traduction par le Dr *Nicaise, Paris, Félix Alcan*, 1893.

Tout apostème présente quatre périodes : le début, la croissance, la période d'état et la terminaison.

Il comporte : 1° le traitement préservatif ; 2° le traitement curatif ; 3° le traitement palliatif.

Dans les notes que nous allons énumérer, il est principalement question du traitement préservatif de l'apostème du bras au début de son apparition (1) ; voici comment s'exprime l'auteur :

I. — « *Le second cas (1) est grevance (2)* (gêne, pesanteur) *au muscle qui est desoubs la jointure del espaule, par aucunes humeurs et grosses ventosités qui sont abbuvrés* (agglomérées) *au dit muscle, et font venir au brach aucunes fois formications et endormissemens, qui segnefient au temps à venir, se* (si) *on ne se garde ni se pourvoit, paralisie (3) ou au'tre plus grieve maladie de teste. Et pour ce ne fait point à oublier que on quière* (cherche) *la garison le plus brief* (vite) *que on porra bonnement* ».

(1) Il s'agissait, dans le premier cas, du traitement des hémorrhoïdes ; comme nous n'en possédons que quelques lignes, il nous a paru inutile de les citer.

(2) Grevance, de « *gravatio* » gêne, lourdeur, appesantissement, qui ne va pas encore jusqu'à la sensation de douleur. C'était un symtôme précurseur de l'apostème.

(3) La paralysie était due, suivant *Erasistrate,*

(1) Suivant les propres expressions de *Henri de Mondeville,* « le traitement préservatif de l'apostème est le traitement d'un apostème qui n'a pas commencé, mais qui se produirait si on ne l'arrêtait pas auparavant. »

célèbre médecin grec du IIIᵉ siècle av. J. C., et les médecins qui vinrent après lui, à la déviation de l'humeur qui apporte la nourriture aux nerfs destinés à imprimer le mouvement.

II. — « *Et pour en garir plus légèrement vous vos devés* (devez) *garder de froidure de teste, de col, et de piés,* (pieds) ; *et de tenir de nuict les espaules descouvertes et les brachs descouverts quelque chaux qui face ; et de vous exposer souvent et longuement à forts vens de bise (1) et de midi ; et de vous approchier à fumée de charbon vif ; et de vivre en trop grant repos (2) ; et de excès en compagnie de femme ; et de travail excessif au bains ou estuves après mengier ; et de mengier votre soul (3) ; et de mengier trop hastivement ; et d'user de grandes diversités de viandes en un repas (4), et de mengier fruis crus, herbes crues (5), et souppes et potages abondamment, et chars de porc soit privé ou sauvage (6), et char de buef* (bœuf), *et de cherf* (cerf), *et de bisse* (biche), *et de viés* (vieux) *lièvres, et de viés connins* (vieux lapins), *et oisiaux de rivière, tripes, saulcices et andouilles, et poisson de limon* (marais), *et cervelles de beste (7), (exceptées cervelles de lièvres rosties) et mol fromage (8) escagie* (pressé) *ou enjoncée* (jonché), *et de boire vins fort vers ou tirans à l'aigre (9) ; et de mengier vinaigre pur (10) ; et de boire yave* (eau) *pure (11) ; et de perdre le repos de la nuict ; et de dormir longuement après disner (12), ou tost après souper (13) ; et d'avoir le ventre fort serré ; et d'abiter en lieu bas reumatique* (propre à donner des rhumatismes). »

(1) HIPPOCRATE, dans ses aphorismes, liv. 3, aph. 5, dit que les vents du Nord ou de bise troublent tout le corps et causent des maladies. — En effet, ils amènent principalement des affections de poitrine, des angines, des grippes, des coryzas, des inflammations intestinales, etc. ; ils rendent plus souffrants les emphysémateux, les catarrheux, les tuberculeux, les rhumatisants.

HIPPOCRATE ajoute (liv. 3, aph. 5), que les vents du midi sont fort secs et fort malsains. — Ils produisent surtout des malaises et de la dyspnée.

(2) *Si tibi deficiant medici, medici tibi fiant*
Hæc tria : Mens hilaris, requies moderata, diœta

« Trois médecins non d'Arabie,
Ny de Grèce, ny d'Italie,
Te pourront ayder au besoin,
Sans les aller chercher fort loin,
Ils sont meilleurs que l'on ne pense,
Et ne font aucune despense.
Le premier c'est la gayeté,
C'est la fine fleur de santé.
Le second, repos modéré,
De corps et d'esprit asseuré,
Ferme, tranquille, invariable.
Le troisième, c'est courte table,
Autrement la sobriété ».

(L'ESCHOLE DE SALERNE, EN VERS BURLESQUES,
PAR LE D' MARTIN, 1649. — 1er CHANT,
AVIS GÉNÉRAUX POUR LA CONSERVATION DE
LA SANTÉ).

(3) Ce conseil a été exposé dans le onzième vers de la citation qui précède.

(4) *Ex magnâ cœna, stomacho fit maxima pœna.*

« L'estomac a bien de la peine
A digérer trop grande cène ».

(E. DE SAL. 5e CHANT).

(5) *Dùm coquis, antidotum pyra sunt, sed cruda venenum :*
Cruda gravant stomachum.

  « Poire qui crue est poison
  Cuite sert de contre-poison ».

     (E. DE SAL. 8ᵉ CHANT).

— L'auteur étend ce conseil à tous les fruits, et ce n'est pas sans raison, surtout s'il s'agit de fruits qui ne sont pas arrivés à une maturité complète, car dans ce cas ils ont les plus mauvais effets, causant des troubles dyspeptiques, de la diarrhée et même de la dyssenterie.

Les fruits cuits avec du sucre digèrent plus facilement et conviennent aux estomacs débiles.

Les herbes crues sont essentiellement indigestes pour les estomacs délicats, les personnes faibles, convalescentes ou atteintes de dyspepsie.

(6)   *Est caro porcina*
    Abs vino tibi pejor ovina.

     (E. DE SAL. 9ᵉ CHANT).

— La viande de porc est très nourrissante et donne de la force au corps, mais elle ne convient qu'aux estomacs solides. On en nourrissait les athlètes, et l'on remarquait que ceux qui passaient un jour sans en manger, bien qu'ils eussent pris d'autres viandes étaient plus mous et plus faibles le lendemain.

HIPPOCRATE, dans le VIᵉ livre des maladies épidémiques, recommande la chair de porc aux personnes affaiblies.

(7) *Et cervina caro, et leporina, caprina, bovina*
  Atra hæc bile nocent, suntque infirmis inimica.

  « La chair de bœuf et de la chèvre,
  Celle du cerf ou bien du lièvre
  N'entreront dans ton estomac,
  Si tu ne veux passer le bac

Du sieur Caron sur l'onde noire
Où la Parque nous meine boire ».
(E. DE SAL. 2ᵉ CHANT).

— Les anciens croyaient que tous les aliments que l'auteur vient d'énumérer, se tournaient en suc mélancolique.

La chair de bœuf, dit HIPPOCRATE, dans son traité du régime, irrite les affections mélancoliques et constitue un aliment de difficile digestion pour les malades et les convalescents.

GALIEN assure que la chair de cerf est dure, de difficile digestion et fort mélancolique.

Le lièvre considéré comme un animal triste, timide, mélancolique, ne se plaisant que dans la solitude, ne pouvait que fournir un aliment défectueux. Les lois de Moïse interdisaient l'usage du lièvre aux Israélites, parce que cet animal passait pour être susceptible d'occasionner la lèpre.

Quant aux cervelles d'animaux, elles étaient réputées pour faire développer les habitudes et les mœurs de l'animal chez celui qui s'en nourrissait. La cervelle de chèvre, par exemple, rendait ceux qui en mangeaient insensés et maniaques. La cervelle de lièvre seule faisait exception ; suivant AVICENNE, la cervelle de lièvre rôtie est excellente pour fortifier les nerfs et pour faire disparaître le tremblement.

Rappelons en passant que cette même cervelle rôtie jouissait de la propriété de faire percer les dents aux petits enfants quand on en frottait leurs gencives. Malheureusement, l'efficacité de cet excellent remède est aujourd'hui épuisée !

(8)   « *Après la chair vient le fromage*
       Qui moins en mange est le plus sage ».
                                        (E. DE SAL.)

— Le fromage pourtant contient des éléments importants de nutrition. Certains fromages, tels que le Hollande, le Gruyère, contiennent, à poids égal, plus de matière azotée que la viande. Les fromages frais, le Neufchâtel, par exemple, et le fromage blanc sont les plus digestibles.

Le fromage enjoncé, c'est-à-dire jonché, dont parle l'auteur, est un fromage de lait fraîchement caillé et égoutté dans de petits paniers faits d'osier ou de joncs, d'où le nom jonché, du latin *junceus*.

Mais comme le dit avec raison l'Ecole de Salerne :

« A l'homme sain sont bons le pain et le fromage.
 Que si de se garder, l'infirme est négligent,
 En prenant le dernier, il luy tourne à dommage ».

(9)   *Impedit urinam multùm, soluit citò ventrem.*
                                        (E. DE SAL.)

(10)   .... *Sed plus desiccat acetum*
            Infrigida, macerat, melanch dat....
« Le vinaigre plus qu'elle (la bière) est froid et desséchant
  Il rend maigre le corps, fait la mélancolie
  Nuit aux nerfs desseichez, va la graisse alléchant ».
                                        (E. DE SAL.)

(11) *Potus aquæ sumptus comedenti incommoda præstat*
       Hine friget stomachus, crudus et indé cibus.
« L'eau qu'on boit en mangeant, un grand dommage apporte
  A celuy qui la prend, donnant empeschement
  Au corps de recevoir un louable aliment
  D'autant que sa froideur, l'estomac deconforte ».
                                        (E. DE SAL.)

— L'eau, pourvu qu'elle soit potable, c'est-à-dire qu'elle soit claire, limpide, inodore, d'une saveur agréable, aérée, d'une température ordinaire, exempte de matières organiques, ne contenant qu'une quantité assez faible de sels minéraux, bouillant sans se troubler, cuisant les légumes secs sans les durcir et dissolvant le savon sans former de grumeaux, ne peut nuire que quand elle est prise en trop grande quantité, car alors elle distend inutilement l'estomac, délaye le suc gastrique et empêche son action sur les aliments, et finit par amener des troubles dyspeptiques.

(12)   *Somnum fuge meridianum.*

                               (E. DE SAL.)

(13)   *Post cœnam stabis aut passus mille*
              Meabis.

         « Après souper tu te tiendras debout
             Ou te promèneras mille pas ».

                               (E. DE SAL.)

III. — « *Et pour ce que nous ne perchevons* (percevons) *point en vous grande réplétion ne* (ni) *de sang ne d'umeurs, et que vous vos purgiés assez par secrète manière (1), nous ne vos conseillons de présent saignie ne médecine laxative. Mes* (mais) *nous vous conseillons que soiés sobre au soupper, par espécial en boire, et que ne buvés point au couchier, ne cloés* (terminez) *vostre disner et vostre soupper par boire (2). Et usés au soupper de volaille légière rôstis ; et en jour de poisson usés d'œus nouviaux moient entre mols et durs (3), ou de piés d'escrevisses au vin ou au vergus. Et à vostre disner, usés pour potages de blancs-mengiers d'amandes bien charnus, ou de coulis*

de poulaille ou de perdris, ou de grave (grive)*,*
d'aloettes ou d'aultres petis oisiaus, et vous valent
mieus que yaves de char (4), ou purés qui engendrent
humeurs coulans par quoi nuisent au premier cas (5);
et ramolissent les ners, par quoi nuisent au second ».

(1) En prenant des lavements.

(2) *Ut sis nocte levis, sit tibi cœna brevis.*
« Si ton souper est court, la nuit te verra bonne. »
(E. DE SAL.)

Ut vites pœnam, de potibus incipe cœnam.
« Veux-tu passer la nuit sans douleur et souffrance,
Quand tu voudras souper par le boire commence. »
(E. DE SAL.)

— En disant « par le boire commence, » l'école de
Salerme recommande que l'on commence le souper par
le potage ou le bouillon ; elle conseille peu d'autres
boissons pendant le repas, et désire qu'on s'en abstienne
après.

La question du bouillon a toujours été très
controversée, les uns y trouvent un excellent aliment ;
d'autres reconnaissent qu'il est peu nourrissant; d'autres
enfin affirment qu'il n'est même pas un aliment. Une
nouvelle école d'hygiénistes, se rangeant d'une façon
probante à ce dernier avis, essaye de supprimer le
potage. Mais n'oublions pas qu'il y a potage et potage,
bouillon et bouillon, et que, quand ils sont agréables, ils
servent au moins d'excitants digestifs, ce qui n'est pas à
dédaigner surtout au commencement d'un bon repas.

« Le potage est une nourriture saine, légère,
nourrissante et qui convient à tout le monde ; il réjouit

l'estomac, et le dispose à recevoir et à digérer, » *a dit Brillat-Savarin.*

(3)   *Si sumas ovum, molli sit atque novum.*
                                                (E. DE SAL).

(4) Bouillon de bœuf.

(5) Pour les hémorrhoïdes.

IV. — « *Vos chars* (viandes) *soient au disner, pouchins, gélines* (poules), *chapons, perdris, faisans, plouviers* (pluviers), *becquasses, gras pigeons, aloettes, pinchons et aultres petis oisiaus vivans hors yave (1), mouton, viau, chevriau, la priaus, jones levrars* (jeunes levreaux), *jones connins* (jeunes lapins), *chevreu sauvage* (chevreuil) ».

(1) *Sunt bona gallina, et capo, turtur, sturna, columba,*
     Quiscula cum merula, phasianus et ortygometra,
     Frigellus, perdix et otis, tremulusque amarellus.
         « Bonne est la poule et le chapon,
             La tourterelle et le pigeon,
             La caille, le faisan, le merle
             Perdrix, gelinote, sarcelle,
             Le tour, que grive on nomme aussi
             Sont viandes de gens sans soucy ».
                              (E. DE SAL. 9e CH.)

— La volaille et le gibier à plumes sont des aliments très sains qui digèrent très facilement, et qui par conséquent conviennent le mieux aux malades, aux convalescents, et aux personnes qui ne peuvent supporter beaucoup de viandes rouges.

Les viandes blanches, en général, qui ne contiennent pas trop de graisse, (comme l'oie, le canard), sont modérément nutritives, mais de facile digestion.

V. — « *Œus vous valent mieuls que les poissons,
et soient vos œus de jones gélines* (jeunes poules),
lesquels vous sont bons en toutes manières forques
(excepté) *fris et durs* ».

VI. — « *Et entre les poissons les moins mauvais
pour vous sont : Soles, rouges, gourneaux, wivres*
(vives), *merlus, maqueriaus, plais* (plies), *fermes,
truites, broces, perces, vendoises, gardons, ables,
escrevices* » *(1)*.

(1)   *Lucius et perca, et saxaulis, et albica, tencha,*
       Plagitia et gornus, cum carpa, galbia, truta,
       Gata dabunt pisces, hi præ reliquis alimenta.
       « Sole, carpe, grenau, brochet, truite, recherche,
          Merlens, rouget, goujon, la plie, tanche et perche
          Car ils te fourniront un passable aliment ».
                                    (E. DE SAL.)

— Le rouget est une espèce de trigle, (trigle grondin),
poisson de la division des thoraciques, que l'on trouve
dans toutes les mers de l'Europe. Il était très apprécié
des anciens, qui le regardaient comme le plus savoureux
des poissons. Il est encore très estimé de nos jours parce
que sa chair est fort délicate et qu'il n'a presque pas
d'arêtes.

Le gurneau est également une espèce de trigle que
l'on trouve dans les mers d'Europe. Sa chair est ferme
et de bon goût.

La vendoise ressemble à la carpe, cependant elle est
plus aplatie et de couleur blanche ; sa chair est aussi
plus agréable.

Les poissons à chair blanche sont en général les plus
digestibles, mais peu nutritifs.

VII. — « *Vos fruis soient : amandes nouvelles pelées et chucrées ; poires cuittes non pierreuses ; roisins de Corinthe, de Tarse, ou de Damas ; ou aultres roisins communs de quaresme* » *(1)*.

(1) ...... *Nucibus socianda racemos.*
« Avec le raisin mets la nois
Et n'en mange pas jusqu'à trois ».
(E. DE SAL.)

Les noix, noisettes, amandes, par suite de la matière huileuse qu'elles contiennent, sont nourrissantes, mais de digestion lente, surtout quand elles sont vieilles.

Les poires cuites constituent un aliment assez substantiel, de digestion facile, convenable aux estomacs faibles et aux convalescents.

Le raisin mûr est très digestible et rafraîchissant.

VIII. — « *Vos saulces soient : ou jause* (jaune) (1) *ou cameline, faitte de vin et de poudre de cinamomum* (camomille) ; *ou saulce verdie d'un pou* (peu) *de sauge, et surtout un pou de canelle ; et se* (si) *vous usès de verjus de grain ou d'ozeille, faites i mettre de la cinamomum* ».

(1) La sauce jaune se faisait avec des jaunes d'œufs, de la cannelle et du safran.

IX. — « *Vos espèces de chambre (1) soient : chucre rosat, conserves de roses, amandes doulces nouvelles confittes, coriandre préparée confitte, escorce de citron confitte, pignolat (2), citron confit* ».

(1) Ce sont les bonbons et les conserves.

(2) Dragée faite avec le noyau de la pomme de pin.

X. — « *Buvés vin vermeil meur* (mûr) *et vineus tempré d'yave* (eau) *bouillie (1). Et en tamps froit mettés en vostre vin, la première fois que buverés au disner et au soupper, une culiérée d'yave de sauge (2) ou de fleurs de romarin (3). Et quant vous vos doubtés de colique ou de nefrésis* (néphrésies), *buvés vin blanc (4) ou clarait la première fois que buverés au disner et au soupper* ».

(1)   ...... *Parce mero,*
          « La douce liqueur de vendange
            Ne se doit boire sans mélange ;
            J'entends que pour vivre bien sain
            Faut mettre de l'eau dans son vin ».
                              (E. DE SAL.)

(2) Les vertus de la sauge ont été célébrées par HIPPOCRATE, THÉOPHRASTE, DIOSCORIDE. Les Latins l'appelaient HERBA SACRA, herbe sacrée.

Cur morietur homo cui salvia crescit in horto.
          « Pourquoi faut-il que l'homme meure
            Puisqu'en son jardin à toute heure
            Se trouve de la sauge planté ? »
                              (E. DE SAL.)

Pour faire tomber les meilleures choses, dit le Dr *Cazin,* dans son traité pratique des plantes médicinales, il suffit d'en faire un éloge outré. Aussi la sauge, grâce à la sentence de l'Ecole de Salerne, fut condamnée par le scepticisme à un oubli non mérité.

La sauge est essentiellement tonique, et jouit de propriétés stomachiques, cordiales, nervines, utérines, corroborantes, résolutives, etc. On lui attribuait la faculté de chasser les humeurs morbifiques, de guérir la paralysie et de faire disparaître les tremblements musculaires, suivant la maxime de l'Ecole de Salerne :

(Salvia confortat nervos,manûmque tremorem).

C'est donc avec raison que l'auteur du traitement des apostèmes la recommande aux malades.

(3) Le romarin figure avec honneur parmi les médicaments aromatiques, toniques et excitants ; ses effets se rapprochent de ceux de la sauge, principalement dans certains cas de débilité et d'atonie.

(4) Le vin blanc jouissait de la propriété de prévenir les douleurs de l'intestin, et les affections des reins que les anciens appelaient nefrésies ; aujourd'hui on écrit néphrésies.

XI. — « *Quérés* (cherchez) *le repos de la nuict, et du matin quant ne avès bien dormi de nuict. Et dormès sur l'un de vos côtés et non sur les rains, la teste et les espaules et les brachs haultes et bien couverts* ».

XII. — « *Faictes que vous aliés tous les jours, une fois à chambre ; et se (si) en ce avoit faulte, buvés au matin un moien trait de lait cler, et s'il ne vous i faisait aler, faittes i desmeller une once de casse mundée, ou once et demie de manne, ou i faittes espreindre* (presser) *la char de II ou III mirabolans kebules confis* » *(1)*.

(1) C'est le myrobolan chébule, fruit du myrobolanier (*Myrobolanum*) de la famille des combrétacées. Cet arbre dont il existe cinq espèces, vient des Indes Orientales et de l'Amérique, il a l'aspect d'un prunier.

L'espèce, dont il est ici question, porte des fruits qui ressemblent à de grosses dattes, ils sont oblongs, pointus par les bouts, portant cinq côtes, et de couleur jaune brun. Ces fruits sont réputés laxatifs, et jouissaient anciennement d'une telle réputation que *Mésué* se permettait de leur attribuer les vertus de la fontaine de Jouvence. Ils entraient dans la confection des fameuses pilules *sine-quibus* dont ne pouvaient se passer ceux qui avaient quelque souci de leur santé.

Au dire de *J. de Renou,* thérapeute du commencement du XVIIᵉ siècle, ces pilules, où il entrait également de l'aloès, de la rhubarbe, du séné, de l'agaric, du diagrède, de la cuscute, etc., étaient purgatives, attiraient la pituite, la colère, la bile noire de toutes les parties du corps, mais principalement de la tête et des yeux.

A la fin du XVIIᵉ siècle, un auteur comique *Hauteroche*, a donné le nom de myrobolan à un de ses personnages de comédie, dont il prétendait faire un grand médecin, guérissant toutes sortes de maux à l'aide de ses pilules. Comme cela paraissait un prodige, on a pris l'habitude de dire : « c'est myrobolan, » pour signifier quelque chose de merveilleux.

XIII. — « *Vivés joieusement, et vous alés souvent esbattre à vostre aise, devant disner et devant soupper, en lieu de bon air* » *(1)*.

(1)   *Non sit tibi vanum surgere post epulas.*
     « Il fait fort bon se promener,
     Sauter, danser, se démener ;
     En un mot, de faire exercice,
     C'est chose à la santé propice ».
                (E. DE SAL.)

XIV. — « *Tant que est au fait de médechine, il vous est bon pour purgier fleumes, mastier une fois ou deus la sepmaine, un des masticatores (1) qui s'ensièvent par l'espace de demi-heure sans le avaler et puis le getter hors et craciés les fleumes qui vous venrront à la bouce :*

R. *Masticis (2)* (1 on), *acori (3) nutriti in melle* (1/2 on), *misceantur et fiant masticatoria similia amigdalis.*

(Prenez : mastic 1 once, acore mélangé avec du miel 1/2 once, le tout mêlé pour faire des masticatoires en forme d'amandes).

(1) *Masticatores*, Masticatoires. Pour les anciens, c'étaient des médicaments qui à force d'être longtemps mâchés, attiraient et évacuaient la pituite du cerveau. Ce sont tout simplement des substances telles que le pyrèthre, la scille, le polygala, le bétel, qui par la mastication excitent la muqueuse buccale et amènent par action réflexe, une hypersecrétion de la salive ; elles sont presque abandonnées aujourd'hui.

(2) Le mastic, (d'où vient le nom de Masticatoires), est une résine qui provient du Térébinthe lenstique, se présentant sous forme de lames d'un jaune pâle et possédant des propriétés astringentes et stimulantes. Inusité aujourd'hui.

(3) L'Acore vrai appartient à la famille des Aracées ; sa racine a une odeur agréable, une saveur stimulante aromatique. On n'en fait plus usage aujourd'hui.

XV. — « *Item, vous est bon quand abondés en*

fleumes, ou quant sentés la teste pesante, gargarisiés au matin, une fois ou deus la sepmaine, une culiérée de sirop de sticados (1) avec deus culiérées de bochet (2) moiennement chaufées ».

(1) Sticados est le nom que l'on donnait aux Stéchas, dans les boutiques, au moyen âge. *Galien*, au 8e livre des simples déclare que le Stéchas est astringent. Suivant *Mésué*, il chasse les flegmes, la mélancolie, il fortifie le cerveau et les conduits de tous les sens.

(2) Le bochet est la seconde décoction de bois sudorifiques (tels que le Gayac, la Squine, le Sassafras, la Salsepareille, etc.). Il servait de boisson ordinaire dans le cas de rhumatisme, de sciatique, d'écrouelles, et dans les maladies où il était nécessaire de favoriser la transpiration.

XVI. — « *Item faittes frottir, au matin, le brachs où sentis mal, de la décoction qui s'ensieut moiennement chaufée. Et puis faittes bien ressuer vostre brach, et puis tenés vostre estarlatte (1) que on vous a ordonnée dessus.*

R. *Florum camomille, sticados arabici (2), foliorum absinchï (aà 1 gr.) et rosarum rubearum siccarum anthos (3), (1 gr.) spicenardi (4), (4 gr.) fiat decoctio levis et brevis in pinta una vini albi maturi vinosi, quà fricetur suum brachinm infirmum mane in jejuno* ».

(Prenez des fleurs de camomille, de stéchas, d'absinthe, de chaque 1 gros ; des anthères de roses rouges desséchées 1 gros ; des nards 4 gros ; faites-en une courte et légère décoction dans une pinte de vin blanc nouveau, faites avec cela une friction, le matin à jeun, sur votre bras malade).

(1) L'Estarlate ou Ecarlate désignait aussi l'étoffe teinte d'écarlate, (couleur rouge fort vif). Cette étoffe était choisie de préférence aux autres tissus à cause de son épaisseur et de ce qu'elle était plus chaude.

(2) Sticados ou Stéchas d'Arabie. Cette plante était chaude et amère, astringente ; elle avait la vertu de réjouir les facultés de l'âme, mais principalement de dissiper les humeurs et de fortifier tout le corps. *(Jean de Renou, Œuvres pharmaceutiques).*

(3) Anthos ou Anthéra, Anthère, est cette partie jaune qui se trouve au milieu des roses et qui est constituée par les petites loges situées à l'extrémité des filets de l'étamine. Cette partie est astringente.

(4) Spica-Nardi est le nom que l'on donnait au Nard chez les boutiquiers au xvᵉ siècle. C'était une plante célèbre chez les anciens. Dioscoride fait mention de deux espèces de Nard : 1º Le Nard Indien ou Spic Nard des droguistes, *Nardus Indica, Spica Nardi.* Le nom de Spica lui viendrait de sa forme pareille à celle de l'épi. 2º Le Nard Syriaque, Nard des montagnes ou Nard sauvage. Le Spica Nardi est céphalique, stomachique et néphrétique. Il convient surtout aux obstructions des viscères.

Les anciens en préparaient des collyres, des essences, des onguents précieux. *Galien* a guéri *Marc-Aurèle* d'une faiblesse d'estomac, en appliquant sur l'organe malade de l'onguent de Nard.

XVII. — « *Et se* (si) *par ce ne cessoit le mal du dit*

muscle et la dormitation et fourmiement du brach,
soit faitte une manche de deus estarlattes entre
lesqueles on ait cousu et basti les choses aromatiques
qui s'ensièvent.

R. *Florum camomille siccorum, florum melliloti,*
foliorum absinchii (aâ 1 gr.) et florum rosarum
rubearum siccarum anthos (1 gr.), spicenardi (2 gr.),
nucis muscate (1 gr.), terentur omnia grossomodo,
et fiat manica cum II scarleta, subtiliter bastata ».

(Prenez des fleurs sèches de camomille, de mélilot,
des feuilles d'absinthe, de chaque 1 gros ; des anthères
de roses rouges sèches (1 gros) ; nards (2 gros) ; noix
muscade (1 gros) ; broyez le tout incomplètement et
doublez en les manches d'écarlate simplement bâties).

XVIII. — « *Et se* (si) *mestier estoit de venir à*
ointures soit le brach oint de l'onguement qui
s'ensieut :

R. *Oleorum de cinamomo et de spica, et de*
camomilla, et rosati, et de absinchio (aâ 1 gr.) ;
cerebella leporum assatorum (2 gr.) cere colate
misceantur, et fiat unguementum quod aromatizetur
cum 2 gr. pulveris radicis yreos ».

(Prenez de l'huile de cannelle, de nard, de camomille,
de roses et d'absinthe, de chaque 1 gros ; de la cervelle
de lièvre rôtie, 2 gros ; de la cire fondue ; mêlez le tout
ensemble, et faites un onguent que vous aromatiserez
avec deux gros de poudre de racines d'Iris).

Ici se terminent les recettes contenues dans les pages
manuscrites que nous possédons.

Malgré leur peu d'étendue, elles nous ont paru dignes d'être signalées. Nous avons la confiance que nos explications n'auront pas nui à l'intérêt qu'elles présentent.

Dr COULON.

DU MÊME AUTEUR

1º *Des Névralgies,* considérées principalement au point de vue de leur traitement.

Paris, THÈSE POUR LE DOCTORAT.

2º *Précis de Déontologie médicale.*

BULLETIN DE LA SOCIÉTÉ MÉDICO-SCIENTIFIQUE DU NORD ET DU PAS-DE-CALAIS.

3º *Curiosités de l'Histoire des Remèdes,* comprenant des recettes employées au moyen âge dans le Cambrésis.

Paris, J.-B. BAILLIÈRE et FILS.

4º *Le Cimetière Mérovingien de Chérisy (P.-de-C.),* (ouvrage couronné par la Société des sciences de Lille).

Paris, ERNEST LEROUX.

5º *Les Fouilles de Chérisy,* (extrait).

Paris, ERNEST LEROUX.

6º *Curieux Phénomène d'ornithologie,* observations.

Cambrai, J. RENAUT.

7º *De l'usage des Strigiles dans l'antiquité,* (mémoire lu, le 18 Avril 1895, au Congrès des Sociétés savantes à la Sorbonne ; couronné par l'Académie des Sciences, inscriptions et belles-lettres de Toulouse, et par la Société des Sciences de Lille).

Paris, ERNEST LEROUX.

Cambrai. — Imp. RÉGNIER Frères, Place-au-Bois, 28 et 30

www.ingramcontent.com/pod-product-compliance
Lightning Source LLC
Chambersburg PA
CBHW061614180626
46818CB00005B/2067